A HISTÓRIA DE

O Nariz

contada por
ANDREA CAMILLERI

A HISTÓRIA DE

O Nariz
de Nikolai Gogol

ILUSTRADA POR
MAJA CELIJA

TRADUÇÃO DE
JOANA ANGÉLICA D'AVILA MELO

1ª edição

GALERA
junior
Rio de Janeiro | 2014

CIP-BRASIL. CATALOGAÇÃO NA FONTE
SINDICATO NACIONAL DOS EDITORES DE LIVROS, RJ

Camilleri, Andrea, 1925-
C19h A história de O nariz / Nikolai Gogol; contada por Andrea Camilleri; tradução JoanaAngélica d'Ávila Melo; ilustrações Maja Celija. – 1ª ed. - Rio de Janeiro: Galera Record, 2014.
il.

Adaptação de: La storia de Il Naso / Andrea Camilleri
ISBN 978-85-01-40006-2

1. Literatura juvenil. I. Gogol, Nikolai Vassilievitch, 1809-1852. II. Melo, Joana Angélica d'Ávila, 1941-. III. Celija, Maja. IV. Título. V. Série.

13-00746

CDD: 028.5
CDU: 087.5

Título original em italiano:
Il Naso

Copyright © 2010, Gruppo Editoriale L'Espresso S.p.A
Copyright © 2010, Andrea Camilleri

Todos os direitos reservados. Proibida a reprodução, no todo ou em parte, através de quaisquer meios. Os direitos morais do autor foram assegurados.

Texto revisado segundo o novo Acordo Ortográfico da Língua Portuguesa.

Ilustrações: Maja Celija

Projeto gráfico: Mucca Design

Adaptação de capa original e composição de miolo: Renata Vidal da Cunha

Save the Story é um projeto de Scuola Holden. www.scuolaholden.it
Save the Story: idealizado e dirigido por Alessandro Baricco
Scuola Holden
Diretoras de arte: Marta Trucco, Arianna Giorgia Bonazzi
Editora: Arianna Giorgia Bonazzi
Produtora: Lea Iandiorio

Direitos exclusivos de publicação em língua portuguesa somente para o Brasil adquiridos pela EDITORA RECORD LTDA.
Rua Argentina, 171 - Rio de Janeiro, RJ - 20921-380 - Tel.: 2585-2000, que se reserva a propriedade literária desta tradução.

Impresso no Brasil

ISBN: 978-85-01-40006-2

Seja um leitor preferencial Record.
Cadastre-se e receba informações sobre nossos lançamentos e nossas promoções.

Atendimento e venda direta ao leitor:
mdireto@record.com.br ou (21) 2585-2002.

Um

Já vou me desculpando de cara, como se costuma dizer, antes que alguém reclame. Meus caros leitores, a tarefa de narrar de novo, com palavras minhas, um conto como *O nariz*, de Nikolai Gogol, pode parecer um ato de falta de modéstia inconsciente. É como se pedissem a um perneta que competisse com o campeão mundial dos 100 metros rasos.

Quando eu frequentava o primeiro ano do ensino fundamental, em 1931 (!!!), a professora, para ensinar caligrafia, me mandava treinar as hastes, ou seja, as perninhas verticais das letras, que deviam ficar bem retas. Bom, creio estar ainda treinando as hastes, ao passo que Gogol deixou três ou quatro obras-primas de herança para o mundo. Quando escolhi esta narrativa, fiz isso, confesso, também por preguiça. Uma coisa é reproduzir uma narrativa breve, e outra, pensava eu ingenuamente, é resumir em poucas páginas a história, sei lá, de *Os noivos* ou da *Ilíada*. Mas eu tinha errado os cálculos, porque este conto requer tanta concentração que parece o jogo de pega-varetas, sabem? Basta movimentar de mau jeito uma vareta para se encrencar tudo. Então, o que fiz? Pois é, me movimentei dentro do conto com a mesma cautela trêmula com a qual os funcionariozinhos descritos por Gogol se deslocavam nos salões ministeriais, na ponta dos pés, até prendendo a respiração para não incomodar o chefe...

Enfim, não posso enrolar mais. Coragem.

Esta é a história de um nariz que, tendo desaparecido inexplicavelmente do rosto do legítimo proprietário, adquiriu vida própria, absolutamente autônoma. Que coisa esquisita, dirão vocês. Pois bem, não! Saibam que a literatura é cheia desses fatos. Há quem tenha imaginado a mão de um assassino que, depois de cortada, continua matando; há quem tenha se esbaldado com a cabeça de um guilhotinado que não para de falar... Em geral, são narrativas de horror, dão calafrios na gente. Já o conto de Gogol tem o valor de ser bastante divertido. Acham pouco?

Tudo começou ao amanhecer de 25 de março de 1832, em São Petersburgo, que era então a capital da Rússia, quando o barbeiro Ivan Iakovlevitch acordou insolitamente cedo e a primeira coisa que notou foi um irresistível aroma de pão quentinho.

Não era novidade, naquela época todas as ruas da cidade carregavam no ar o cheiro de pão crocante. Ele se ergueu um pouco na cama e viu que sua respeitável e severa esposa, Praskóvia Ossipovna, estava tirando do forno naquele momento uma bela quantidade deles. Ivan tomou uma decisão rápida.

— Hoje de manhã, não quero café — disse à mulher. — Em vez disso, prefiro uns pães com cebola.

Para falar a verdade, ele preferia beber antes um bom café e, depois, degustar os pães com cebola, mas sabia que seria impossível pedir as duas coisas a Praskóvia, porque sua esposa não tolerava tais extravagâncias. "Ótimo", pensou Praskóvia, que adorava café. "Este idiota que coma seu pão com cebola, assim eu tomo seu café." E colocou um pão em cima da mesa.

Tudo se podia dizer de Ivan, menos que era um homem que não ligava para as boas maneiras. De fato, levantou-se e, antes de começar a comer, vestiu o fraque que, na época, era para os barbeiros uma espécie de roupa de trabalho. Em seguida sentou-se à mesa, puxou para perto o saleiro, descascou duas cabeças de cebola, empunhou a faca e, assumindo uma expressão feliz e inspirada, partiu o pão.

E, de repente, com certo estupor, notou que no meio do pão havia um corpo estranho, uma coisa esbranquiçada. Ivan cutucou-a com a ponta da faca. Depois apalpou-a com o indicador. Era uma massa sólida. Por mais que se esforçasse, porém, não conseguia compreender o que podia ser aquilo. Então estendeu dois dedos, pegou a coisa, tirou-a de dentro do pão e a observou.

Era um nariz.

Não havia dúvida. O nariz carnudo de um homem, um nariz de bom tamanho.

Perplexo, largou-o imediatamente, sem acreditar no que via. Fechou os olhos, esfregou-os e os reabriu. O nariz continuava ali. Ivan o tocou.

Era um nariz, sem dúvida alguma, era mesmo um nariz!

E, quanto mais o olhava, mais percebia que se tratava de um nariz, como direi, conhecido, um nariz com o qual de certa forma ele já tinha lidado. O pavor começou a se desenhar em seu rosto.

A mulher percebeu, aproximou-se e viu a coisa esbranquiçada em cima da mesa.

— O que é isto?

— Um nariz.

Praskóvia ficou indignada. Com o rosto todo vermelho, começou a gritar:

— Desgraçado! Pinguço! De quem você cortou este nariz, hein? Vou denunciá-lo à polícia agora mesmo!

O barbeiro esboçou um protesto, mas a mulher não o deixou falar.

— Silêncio, seu pilantra! Muita gente já me disse que, quando você faz a barba dos seus fregueses, maltrata-lhes tanto os narizes que não se sabe como ainda continuam grudados no lugar!

A esta altura, Ivan ficou desesperado. Porque acabava de reconhecer o nariz. Pertencia a um homem importante, o major Kovaliov, cuja barba ele fazia às quartas-feiras e aos domingos.

— Pare com isso, Praskóvia! — suplicou. — Quer me arruinar? Escute, vou embrulhar o nariz num pano e guardá-lo num canto. Depois, levo-o comigo.

— Nem pense nisso! — vociferou a mulher. — Não posso permitir que um nariz amputado fique comigo na minha sala! Fora daqui, já!

Ivan não conseguia se mexer, transtornado pelas perguntas que lhe enchiam a mente. Como era possível? Na noite anterior, tinha voltado bêbado para casa ou não? E como se explicava que o pão estivesse assado e o nariz, não? Enquanto isso, Praskóvia continuava aos gritos, inabalável.

— Vagabundo! Canalha! Se você não sair agora mesmo, eu chamo a polícia!

Ivan começou a tremer, imaginando os policiais com suas botas pesadas, os colarinhos vermelhos bordados em prata, os sabres, olhando-o com uma carantonha assustadora, acusando-o de ter se apropriado de um nariz...

Afinal juntou forças para se levantar da mesa, calçou as botas, embrulhou o nariz num pano e saiu. Pretendia se livrar dele logo que surgisse uma oportunidade, jogando-o atrás de um fradinho, ou num vestíbulo, ou mesmo deixando-o cair no chão para em seguida escapulir pelo primeiro beco. Mas, naquela manhã, parecia de propósito, só encontrava conhecidos, os quais lhe perguntavam aonde ele se dirigia ou de quem estava indo fazer a barba tão cedo. Em resumo, não houve momento propício.

 Depois, finalmente, assim que por alguns segundos a rua ficou semideserta, ele pôde se livrar da trouxinha deixando-a deslizar para o solo, enquanto aparentava indiferença. Mas um guarda, que apareceu de repente, interpelou-o com severidade, ordenando-lhe que apanhasse aquilo que deixara cair. Ivan obedeceu sem chiar. Enquanto isso, afundava no mais sombrio desespero, inclusive porque o movimento na rua aumentava à medida que as lojas e as quitandas começavam a abrir. De repente, ocorreu-lhe a solução para o problema que o angustiava. Era simplicíssimo: bastava ir até a ponte mais próxima e jogar o nariz no rio.

 Encaminhou-se então, em passos rápidos.

Dois

Enquanto Ivan Iakovlevitch anda em direção à ponte, aproveito para lhes dizer que, como todo artesão russo de respeito, ele era um beberrão incorrigível. E não tinha boa aparência. Ainda que a cada dia raspasse os narizes alheios, seu próprio nariz vermelho vivia eternamente peludo. O fraque que ele usava era malhado, no sentido de que, mesmo sendo preto, era cheio de manchas amareladas e esverdeadas, e faltavam os três botões, de cujo lugar pendiam fios de algodão.

Sempre que se sentava na cadeira para ser barbeado, o major Kovaliov lhe dizia:
— Ivan, suas mãos estão sempre fedendo!
— Por que será que elas fedem? — perguntava o barbeiro.
— Não sei, só sei que fedem.
Então Ivan, depois de cheirar uma pitada de rapé, se desforrava ensaboando-o por todo o rosto,

inclusive onde não era necessário, e ao fazer isso se sentia satisfeitíssimo.

Ao chegar à ponte, o barbeiro olhou várias vezes ao redor. Depois se debruçou no parapeito, como se quisesse contar os peixes que naquele momento passavam embaixo das arcadas, e, por fim, tranquilizado, atirou na água a trouxinha com o nariz. Logo se sentiu muito aliviado. Chegou até a dar umas risadinhas.

Estava tão feliz que, em vez de ir barbear seus fregueses, quis se conceder uma folga. Tendo visto pouco adiante a tabuleta de um local que servia comida e chá, teve vontade de tomar um bom ponche quente e começou a se dirigir para lá. Mas notou, mortalmente apavorado, que na extremidade da ponte havia um guarda municipal, de tricórnio e suíças, que lhe acenava com o dedo para se aproximar.

Imediatamente, Ivan tirou o gorro e correu até o guarda.

— Saúde para Vossa Senhoria! — cumprimentou humildemente, inclinando-se.

— Nada de Vossa Senhoria, me explique o que estava fazendo na ponte!

— Eu sou barbeiro e estava indo abrir minha loja. Parei porque queria ver a água correndo embaixo da ponte.

— Não me venha com conversa fiada! O que você estava fazendo?

Pálido de medo, Ivan tentou ganhar a simpatia do guarda. E declarou-se disposto a fazer a barba dele três vezes por semana, completamente de graça. O outro o encarou com uma expressão desdenhosa:

— Para seu governo, fique sabendo que três barbeiros, eu disse três, já me fazem a barba de graça, e consideram isso uma grande honra! Vamos, diga o que estava fazendo.

Ivan empalideceu ainda mais.

Aqui, porém, devo me interromper. Porque não posso revelar a vocês nada do diálogo que se desenvolveu entre o barbeiro e o guarda. Se fizesse isso agora, eu cometeria um erro, como direi, narrativo. Voltarei ao assunto no devido tempo. Seja como for, Ivan Iakovlevitch não é um personagem importante, é uma figura de segundo plano, tem apenas o mérito de haver encontrado um nariz dentro de um pão. Não é melhor, a esta altura, que eu lhes descreva a personalidade do proprietário do nariz, ou seja, do major Kovaliov?

Para começar, convém saber que o major Kovaliov não era um major, mas sim um funcionário da administração civil, com o grau de inspetor de colégio. Mas, como seu grau era equivalente, no exército, à patente de major, ele se fazia chamar assim para conseguir mais destaque e prestígio. Portanto, não lhe faremos a desfeita de chamá-lo de outro modo.

    O major se vestia habitualmente de maneira irrepreensível. O colarinho de sua camisa estava sempre imaculado e engomado. Suas espessas suíças atravessavam uma boa metade das bochechas e chegavam até embaixo do nariz. Além disso, ele costumava usar sobre a roupa uma grande quantidade de berloques que traziam gravados brasões nobiliários ou palavras como quarta-feira, quinta-feira, segunda-feira e assim por diante. O major era solteiro, mas não rejeitava a ideia de se casar, desde que a esposa tivesse um dote não inferior a 200 mil rublos. Adorava se pavonear todos os dias na Perspectiva Nevski.

    E, aqui, não posso evitar algumas palavras sobre essa maravilhosa avenida. A Perspectiva Nevski, em São Petersburgo, é o máximo. Tenho certeza de que nenhum de seus pálidos e burocráticos habitantes trocaria essa avenida por todos os tesouros da Terra. Não só os que têm 25 anos, magníficos bigodes e um sobretudo de corte perfeito, mas também os que já veem brotar no queixo os pelos brancos e são carecas como uma bandeja de prata entram em êxtase diante da Perspectiva Nevski.

E as senhoras? Ah, para as senhoras a avenida é ainda mais agradável. Aliás, para quem ela não é agradável? Assim que entra na Perspectiva Nevski, a gente só sente os ares de passeio...

E, também, quantos personagens de Gogol seguramente transitaram pela Perspectiva Nevski!

Aqui está, por exemplo, o desprezível funcionariozinho Akaki Akakievitch, que, tendo conseguido mandar fazer para si um capote novo, ao preço de enormes sacrifícios, tem o objeto roubado, morre de desgosto e, transformado em fantasma, perambula por ali, obrigando os transeuntes a se desfazerem de seus próprios capotes...

Um pouco adiante, eis que o pequeno proprietário Tchitchikov corre de um ministério a outro. Ele soube que o governo concede grandes benefícios para o repovoamento de zonas rurais e procura comprar as famosas "almas mortas", a saber, todos os camponeses que, falecidos após o grande

censo, ainda não constam como tais no registro civil, e que, se forem considerados vivos, podem ser úteis ao grande trambique que Tchitchikov tem em mente.

E, ainda mais à frente, justamente perto da ponte onde o barbeiro Ivan foi parado pelo guarda, vocês podem ver passar o presunçoso Chlestakov. Ainda está um pouco abobalhado pelas honras e homenagens inesperadas que recebeu numa cidade vizinha de província. Confundido com um inspetor-geral, ou seja, uma espécie de fiscal de impostos, por alguns dias esteve no centro das atenções dos ricaços da província, que tentavam corrompê-lo e ganhá-lo para seu lado.

Chega, se eu começar a falar da Perspectiva Nevski não vou mais parar, voltemos ao assunto.

Três

Naquela manhã, o major acordou cedíssimo e logo fez "brrr" com os lábios. Sempre fazia isso quando despertava, mas não sabia por quê. Espreguiçou-se, bocejou, chamou o criado e lhe ordenou que colocasse à sua frente um espelhinho que ficava sobre uma bancada. Queria conferir uma pequena espinha que aparecera em seu nariz, na véspera.

Assim foi que percebeu, com enorme estupor, que no lugar do nariz havia um vazio, ou melhor, um espaço perfeitamente liso. Aterrorizado, o major pulou da cama, foi lavar o rosto e se olhou de novo no espelho.

Nada de nariz.

Daí ele começou a se beliscar, para ver se ainda estava dormindo. Não, não estava.

Nada de nariz.

Ele se sacudiu todo. Não adiantou, o nariz tinha sumido!

Então o major se vestiu às pressas, decidido a ir procurar diretamente o chefe de polícia. Decisão absolutamente lógica, afinal é a essa autoridade que se denunciam os furtos e os desaparecimentos.

Por azar, na rua não se via nenhum cocheiro, e ele foi obrigado a seguir a pé, envolvendo-se na capa e escondendo o rosto num lenço, como se estivesse perdendo sangue pelo nariz. Enquanto isso, pensava que seu nariz não podia ter desaparecido tão inexplicavelmente, e que talvez se tratasse apenas de uma impressão sua. Assim, ao ver uma confeitaria, entrou para se observar num espelho. Dentro, estavam apenas os garçons, que, ainda sonolentos, varriam o chão. Aproximou-se de um grande espelho e se olhou. Não, não havia sido impressão, de fato ele não tinha mais nariz. O major cuspiu no chão, enojado ao ver no próprio rosto aquele espaço vazio.

— Se pelo menos houvesse alguma coisinha no lugar! — exclamou, irado. — Mas que nada!

Saiu da confeitaria e, contrariamente aos seus hábitos — na verdade, ele era sempre amável com todo mundo —, não olhou nem sorriu para ninguém.

De repente, parou ao lado do portão de uma casa; sob seus olhos surpresos, verificava-se um fenômeno inexplicável. Diante da entrada estava parada uma carruagem, da qual, assim que o cocheiro abriu a portinhola, brotou um homem de uniforme que entrou às pressas pelo portão, desaparecendo. Mas Kovaliov tinha tido tempo de reconhecê-lo e, de tanto pavor e espanto, virou uma estátua de pedra.

Aquele homem era o seu nariz!

Diante daquele espetáculo anormal, a visão de Kovaliov se anuviou, ele sentiu que mal podia se aguentar em pé, mas ainda assim decidiu esperar a qualquer custo o retorno do nariz à carruagem. O que acabava de ver o transtornara, ele tremia todo e transpirava.

Dois minutos depois, o nariz saiu. Usava um uniforme bordado em ouro, com uma grande gola

firme; calçava botas acamurçadas e uma espada pendurada no flanco. Pelo chapéu, com plumas multicoloridas, o major deduziu que se tratava de um conselheiro de Estado.

O nariz olhou para os dois lados e gritou ao cocheiro:

— Vamos!

Em seguida, entrou na carruagem e partiu.

Por pouco o pobre Kovaliov não perdeu o juízo. Como era possível que aquele nariz, que até a véspera estava no rosto dele, e que teoricamente não deveria poder nem caminhar nem andar de carruagem, agora até usasse o uniforme de conselheiro de Estado?

Começou a correr atrás da carruagem, a qual, por sorte, não foi longe e parou diante da catedral de Kazan.

Quatro

Permitam-me abrir um pequeno parêntese. Quando Gogol, em 1835, pensou em publicar este conto, teve que submetê-lo à censura czarista, como era obrigatório. Os censores consideraram que a carruagem não devia parar diante da catedral, lugar muito austero para que ali acontecesse o encontro entre Kovaliov e seu nariz, ainda que disfarçado de conselheiro de Estado. Disseram que isso seria uma ofensa à religião.

    Então Gogol propôs que o encontro acontecesse numa igreja católica, pois assim não se faria qualquer ofensa à religião ortodoxa, que era a dos russos. Mas é do mesmo modo um local sagrado, retrucaram os censores, então melhor que o encontro ocorra num lugar público. O pobre Gogol teve que ceder e transferiu o encontro para a Gostnyi Dvor, uma galeria que dava para a Perspectiva Nevski e que era cheia de lojas.

Àquela altura, os censores disseram que seria mais respeitoso para com as autoridades se Kovaliov não se propusesse a ir dar queixa ao chefe de polícia, homem muito importante, mas sim a um simples funcionário. E Gogol obedeceu de novo. Finalmente, pôde enviar o conto a uma revista literária. E esta o devolveu, alegando que se tratava de um enredo "vulgar e trivial".

Pois bem, se vocês acham absurda a história do nariz contada por Gogol, não lhes parecem ainda mais absurdas, mas bem menos divertidas, as observações da censura? Vamos em frente.

Kovaliov correu até a soleira da catedral, abrindo caminho por uma multidão de mendigos. Lá dentro, as pessoas que rezavam não eram muitas, e quase todas estavam em pé próximo da entrada. O major se sentia num estado de espírito tão transtornado que sequer tinha forças para rezar, e olhava para todos os lados a fim de achar o homem que procurava. Finalmente o avistou, meio afastado. O nariz escondia completamente o próprio rosto na grande gola rígida e rezava com uma expressão bastante devota.

"Como é que eu faço para me aproximar?", pensou Kovaliov, angustiado. "Pelo uniforme, pelo chapéu, por tudo, vê-se que ele é um conselheiro de Estado. Será que não vai se ofender se eu o incomodar?"

Aproximou-se e começou a pigarrear, mas o nariz não abandonava nem por um momento sua atitude piedosa, e até havia começado a ajoelhar-se com fervor.

Kovaliov reuniu todas as suas forças, criou coragem e lhe dirigiu a palavra.

— Excelentíssimo senhor, ilustr...

— O que deseja? — interrompeu-o bruscamente o nariz, virando-se para ele. — Não vê que estou rezando?

O major se atrapalhou todo.

— Bem, há, eu queria lhe dizer, ilustríssimo, pois é, me parece estranho que... Em suma, o senhor deveria saber qual é o seu lugar! No entanto, de uma hora para outra, desaparece e eu o encontro onde? Numa igreja! Admita que...

O nariz o encarou, perplexo.

— Não entendo de que o senhor está falando. Explique-se melhor.

Explicar-se melhor? Uma ova!

Em seguida, criando coragem de novo, Kovaliov disse que era um major e que, por conseguinte, para alguém de seu nível era inconveniente sair circulando sem nariz. Insistiu no fato de que aparecer sem nariz era admissível para alguém de classes inferiores, uma quitandeira, um camponês,

porém para alguém que não só era major, mas que além disso estava prestes a se tornar governador... Informou também que era recebido em muitas casas de altos figurões, que era amigo de senhoras como a Tchetarieva, esposa de um conselheiro de Estado... E concluiu:

— Em resumo, excelentíssimo, julgue por si mesmo. Se analisar a coisa segundo as regras do dever e da honra, o senhor compreenderá que deve me fazer a cortesia de se explicar de maneira mais clara.

Antes de discutir, o major apelou para toda a sua dignidade:

— Ilustre cavalheiro — disse. — Não sei como interpretar suas palavras... A coisa me parece perfeitamente clara. O senhor... O senhor é o meu nariz!

O nariz encarou o major e franziu as sobrancelhas.

— Engana-se redondamente, caro senhor! O que lhe deu na cabeça? Eu pertenço a mim mesmo. Além disso, entre nós dois não pode haver qualquer relação. A julgar pelos botões do seu uniforme, o senhor presta serviço junto a outra administração.

Dito isso, virou-se e recomeçou devotamente a rezar.

Sem saber o que fazer e o que pensar, Kovaliov mergulhou na mais profunda confusão.

Cinco

Nesse momento ouviu-se o agradável farfalhar de um vestido feminino. Kovaliov se voltou para olhar. Junto dele estava uma senhora, toda enfeitada de rendas, e ao lado dela uma jovem esbelta, com um vestido branco drapeado muito graciosamente na cintura fina, e um chapeuzinho de palha leve como um biscoito.

 Um hussardo, ou seja, um oficial de cavalaria, alto, com enormes suíças e uma dúzia inteira de grandes galões, parou atrás das duas e abriu sua tabaqueira. O major se aproximou, ajeitou o colarinho de cambraia da camisa, arrumou os berloques pendurados numa correntinha de ouro e, sorrindo de orelha a orelha, pousou finalmente o olhar sobre a mocinha magra que se inclinava para o lado como uma florzinha de primavera e levava à testa sua mãozinha branca com dedos finos.

No rosto de Kovaliov o sorriso se tornou ainda mais largo quando, sob o chapeuzinho, ele descobriu o queixo redondinho da jovem, de notável candura, e uma parte da bochecha impregnada pela cor da primeira rosa primaveril. Mas, de repente, deu um salto para trás, como se tivesse se queimado. Havia se lembrado de que, no lugar do seu nariz, não trazia absolutamente nada, e seus olhos se encheram de lágrimas. Virou-se para dizer ao cavalheiro de uniforme que ele se fazia passar por conselheiro de Estado, mas estava agindo como um trapaceiro e um vigarista, pois não era mais do que seu próprio nariz...

Mas o nariz já não estava mais lá. Havia conseguido escapar.

Mesmo tomado pelo mais profundo desespero, Kovaliov saiu e se deteve por um instante sob o pórtico, olhando cuidadosamente para todos os lados a fim de tentar avistar o nariz. Recordava muito bem que ele usava chapéu emplumado e uniforme com bordados em ouro, mas não tinha observado o capote. Tampouco a cor da carruagem, e os cavalos, e se algum criado com vestimentas distintas o seguia. Além disso, as carruagens andavam tão velozes que não só era difícil distingui-las como também, mesmo que reconhecesse a do nariz, ele não teria a menor possibilidade de pará-la. O dia estava maravilhoso e ensolarado. Na Perspectiva Nevski havia uma infinidade de gente; uma verdadeira cascata floral de senhoras se derramava por toda a calçada.

Lá estava um conselheiro da corte que ele conhecia e a quem chamava de coronel, sobretudo diante de estranhos. Lá estava também Iarichkin, chefe de repartição no Senado, grande amigo, que sempre perdia no jogo. E ainda outro major que havia obtido uma alta assessoria e que agora lhe acenava para se aproximar...

Não, não podia ser visto por eles sem nariz.

Sentindo-se profundamente infeliz, Kovaliov parou uma carruagem livre e pediu que fosse conduzido ao chefe de polícia. Embarcou e, por todo o percurso, não parou de incitar o cocheiro:

— Vamos! Rápido!

Em seguida, assim que entrou no vestíbulo, gritou para o porteiro:

— O chefe de polícia está em casa?

— Não, senhor, acabou de sair.

— Era só o que me faltava! — exclamou o major.

— Se o senhor tivesse chegado um minuto antes, talvez ainda o encontrasse aqui — disse filosoficamente o porteiro.

Sem jamais tirar o lenço do rosto, Kovaliov subiu de novo na carruagem e começou a berrar, com voz desesperada:

— Anda! Anda!

— Para onde? — perguntou o cocheiro.

— Em frente!

— Em frente, como? Estamos numa bifurcação: à direita ou à esquerda?

— Pare! — ordenou então o major. E começou a refletir.

Pensou que seria bobagem pedir justiça junto aos chefes da administração à qual o seu nariz afirmava pertencer. Já pelas próprias respostas do nariz, ficara evidente que, para ele, não havia nada sagrado no mundo. Portanto, era altamente provável que tivesse a cara de pau de mentir também neste caso.

Dada a situação, seria melhor dirigir-se à Delegacia de Bons Costumes, porque ali costumavam agir mais depressa do que nas outras repartições. Já ia mandar o cocheiro prosseguir quando se lembrou de que aquele trapaceiro e sacripanta podia agora fugir comodamente da cidade, aproveitando a vantagem obtida. Nesse caso, todas as buscas seriam inúteis, ou poderiam se estender por um mês inteiro.

Seis

Finalmente, Kovaliov teve uma ideia que lhe pareceu brilhante. Decidiu ir à redação de um jornal para publicar um anúncio, de modo que quem achasse seu nariz poderia avisá-lo e lhe dizer onde este se encontrava.

Após tomar essa decisão, ordenou ao cocheiro que se dirigisse à redação do jornal, e por todo o trajeto não parou de dar socos nas costas do pobre homem, berrando:

— Mais depressa, malandro! Mais depressa, tratante!

Por fim o veículo parou e Kovaliov, ofegante, entrou na pequena e escura recepção do jornal. Ali havia um velho funcionário de óculos, sentado atrás de uma escrivaninha, que, segurando a pena entre os dentes, contava umas moedas de cobre.

— Quem é que recebe os anúncios? — gritava o major.

— Meus cumprimentos — disse o funcionário, erguendo a vista por um momento e baixando-a de novo sobre as pilhas de moedas.

— Eu queria publicar... — começou o major.

O funcionário, desta vez sem olhá-lo, pediu que ele esperasse um momento e com a mão direita passou a anotar números em um livro-caixa, enquanto, com dois dedos da mão esquerda, deslocava umas bolinhas do ábaco.

Em volta da escrivaninha havia uma grande quantidade de senhoras idosas, de mensageiros, de comerciantes e de porteiros com papeizinhos nas mãos. Neles estavam escritas as mais variadas ofertas para publicar, que iam desde uma carruagem pouco usada, importada de Paris em 1814, a sementes de nabo e rabanete; de uma casinha de campo a uma jovem de 16 anos para todo tipo de serviço; de um cavalo de 17 anos a uma caleça que faltava uma mola... Na saleta onde se amontoava toda essa gente, o ar era pouquíssimo agradável, mas Kovaliov não podia sentir o odor pesado porque seu nariz se encontrava sabe Deus onde.

Após uma certa espera, o major se impacientou. Disse irritado ao funcionário que seu caso era especial e urgente, e que não podia perder mais tempo.

— É para já! É para já! — respondeu o funcionário. E começou a jogar recibos na cara das velhas e dos porteiros, gritando: — A senhora, dois rublos e quarenta copeques! O senhor, um rublo e sessenta!

Depois que todos saíram, perguntou ao major o que ele desejava.

— Aconteceu uma molecagem ou uma trapalhada, ainda não entendi bem — disse Kovaliov. — Quero publicar um anúncio oferecendo uma justa recompensa a quem me der informações sobre aquele salafrário.

— Tudo bem — respondeu o funcionário. — Pode me dizer seu nome?

— Por que quer saber? — reagiu o major. — Lamento, mas não posso lhe dizer. Tenho muitos conhecidos importantes! A Tchetarieva, mulher de um conselheiro de Estado, a Podtótchina, esposa de um oficial do Estado-Maior... Se elas por acaso viessem a saber, Deus me livre! Não, não. Escreva simplesmente: um homem que tem a patente de major.

— Esse que fugiu era um criado seu? — perguntou o funcionário.

— Criado, como assim? — disse Kovaliov, perplexo. Podia considerar seu nariz um criado? Qualquer fuga de qualquer criado seria menos grave do que a de um nariz. Decidiu dizer exatamente como haviam sido as coisas.

— Não, o nariz que fugiu de mim.

— Que sobrenome estranho! — murmurou o funcionário para si mesmo. Em seguida, quis saber mais. — E esse Narizque lhe roubou muito dinheiro?

A essa altura Kovaliov, exasperado, começou a estrilar.

— O senhor não entendeu nada! Estou falando do meu nariz, nariz, e não de um tal de Narizque, está ouvindo? Do meu nariz! Que desapareceu e sei lá para onde foi!

— Seu nariz? Mas como desapareceu? Não estou entendendo — retrucou o funcionário, não muito convencido.

O major cerrou os dentes e fez um esforço para se acalmar:

— Não sei como desapareceu, o importante é que ele agora circula pela cidade vestido de conselheiro de Estado. Por isso, peço-lhe que publique que quem o capturar venha devolvê-lo imediatamente a mim. Julgue o senhor mesmo: como posso ficar sem nariz? Não é como o dedo mindinho do pé, que fica dentro do sapato e ninguém sabe se está ali ou não. Olha, todas as quintas-feiras eu visito a senhora

Tchetarieva; a senhora Podtótchina, que tem uma filha muito graciosa, também é uma excelente conhecida... Agora, não posso mais me apresentar na casa delas.

O funcionário, nada comovido pelas palavras do major, refletiu um pouco, balançou a cabeça e disse que não, realmente não podia publicar no jornal um anúncio daqueles. Kovaliov não esperava essa resposta.

— Mas por quê? — perguntou, ansioso.

— O jornal poderia perder a reputação — explicou o funcionário. — Se todo mundo começar a escrever que seu nariz fugiu, o senhor compreende... Já existem reclamações porque se publicam muitos absurdos e boatos.

O major se irritou. Era um homem orgulhoso e, como tal, extremamente suscetível. Como

aquele funcionariozinho ousava julgar sua história absurda?

— Em sua opinião, o que há de tão absurdo neste fato? — perguntou, polêmico.

— E não é absurdo? O senhor é que pensa! — retrucou o funcionário.

E contou que, na semana anterior, aparecera um sujeito com um anúncio no qual se dizia que um poodle preto havia fugido. Mais tarde, porém, revelara-se que o poodle preto era o caixa de uma importante instituição de crédito.

— Mas eu não estou colocando um anúncio sobre um poodle preto, e sim sobre meu nariz! Portanto, é como se fosse sobre minha própria pessoa! — observou o major.

O funcionário balançou a cabeça.

— Mas meu nariz realmente desapareceu! — insistiu Kovaliov. — Veja o senhor mesmo — acrescentou, tirando o lenço do rosto.

— De fato, é estranho, muito estranho — comentou o funcionário. — O lugar está completamente liso, parece uma panqueca recém-saída da frigideira.

— Está vendo como eu não posso deixar de publicar o anúncio?

— Publicá-lo talvez fosse possível — disse o funcionário. — Mas tenho certeza de que não adiantaria nada. Por que o senhor não procura algum jornal que trate de fenômenos da natureza ou da educação de jovens?

O major emudeceu, desanimado. O funcionário quis consolá-lo.

— Realmente, lamento muito que tenha lhe acontecido uma coisa dessas, acredite. Gostaria de cheirar um pouco de rapé? Elimina a dor de cabeça e melhora as hemorroidas.

Ao dizer isso, estendeu a Kovaliov a caixinha de rapé, depois de levantar com destreza a tampa. O major perdeu as estribeiras.

— Como é que o senhor pode brincar numa hora dessas?! Não vê que me falta justamente o órgão necessário para cheirar seu rapé? Vá para o inferno!

E saiu, profundamente irritado, dirigindo-se à casa do comissário do bairro. O qual, recém-descalçado das botas pela cozinheira, se preparava, depois de um árduo e inglório dia de trabalho, para saborear os prazeres da paz doméstica. A visita de Kovaliov, portanto, ocorreu numa hora inoportuna. O comissário escutou friamente a narrativa do major e depois observou que o período pós-almoço não era adequado para abrir uma investigação, havendo a natureza estabelecido que, depois de saciar-se, todo mundo precisa de uma boa soneca. Acrescentou que, em sua opinião, um homem realmente de bem não perde o nariz assim sem mais nem menos, e que de todo modo havia muitos majores que circulavam com a roupa de baixo em péssimas condições e frequentavam locais indignos. Kovaliov era melindrosíssimo. Não só não suportava o que se dizia dele como também não tolerava que alguém se referisse ao título ou à patente. Até considerava que em peças teatrais podiam ser divulgadas piadas sobre os suboficiais, mas não admitia que os oficiais fossem atacados. Por isso, balançou a cabeça, desolado, e afirmou com dignidade:

— Depois dos seus ofensivos comentários, não posso dizer mais nada!

E foi para casa. Seu apartamento lhe pareceu triste e miserável. No sofá imundo do vestíbulo, o criado Ivan estava deitado de barriga para cima e cuspia contra o teto, procurando sempre, com habilidade, atingir o mesmo ponto. Kovaliov se enfureceu e deu-lhe um tapa na testa. Ele correu para tirar-lhe a capa. O major, cansado e deprimido, entrou no quarto, largou-se numa poltrona e começou a suspirar.

"Se eu tivesse perdido um braço ou uma perna", pensava, "seria melhor; se fossem as orelhas, seria suportável. Mas, sem nariz, um homem não é um homem! Se ao menos ele me tivesse sido amputado na guerra ou num duelo... Mas desapareceu sem motivo, sem uma explicação... Não! É inverossímil que um nariz desapareça! Certamente estou sonhando, ou então tendo uma alucinação. Quem sabe, em vez de água, eu bebi vodca, e agora estou completamente bêbado? Sim, deve ter sido isso! Mas é melhor conferir."

E, para se assegurar, deu em si mesmo um beliscão fortíssimo. A dor o convenceu de que ele estava perfeitamente lúcido.

A essa altura, o major se levantou da poltrona e foi se olhar no espelho, com a esperança de ver o nariz de volta ao lugar.

Não estava.

Mas como era possível? Se tivesse desaparecido um botão,

uma colherinha de prata, isso se podia compreender. Mas um nariz?! E justamente dentro do seu apartamento?

Desabou de volta na poltrona, abatido.

Sete

De repente, foi invadido por uma suspeita. A culpa de tudo não seria de Podtótchina, a esposa do oficial do Estado-Maior, que desejava casar sua filha com ele? Só que o major não queria um compromisso definitivo. E, quando Podtótchina declarara abertamente que pretendia lhe dar a filha como esposa, ele havia recuado, dizendo que ainda era muito jovem, que antes queria fazer carreira...

Então a mulher do oficial, por vingança, decidira arruiná-lo e seguramente havia contratado alguma feiticeira que fizera o nariz dele desaparecer. Sim, devia ter sido isso. E agora, o que fazer? Denunciá-la à justiça ou ir à casa dela para desmascará-la? Nesse meio-tempo, Ivan entrou com uma vela na mão. Kovaliov pegou o lenço e cobriu o rosto. O criado acabava de sair quando se ouviu uma voz proveniente do vestíbulo.

— Esta é a casa do major Kovaliov?

— Pode entrar. Estou aqui — disse o major, levantando-se.

Entrou um guarda municipal bonitão, com tricórnio e tudo. Querem saber quem era? Bem, não vou deixá-los ansiosos: era o mesmo que havia parado na ponte o barbeiro Ivan Iakovlevitch, quando ele estava indo tomar um ponche quente, lembram?

— Queira desculpar, o senhor perdeu um nariz? — perguntou educadamente o guarda.

— Isto mesmo — confirmou com tristeza o major.

— Tenho o prazer de lhe informar que ele foi encontrado — disse o guarda.

— O que está dizendo?! — gritou, incrédulo, Kovaliov.

— Seu nariz foi detido quando já estava em viagem. Havia embarcado numa diligência que seguia para Riga. Exibia um passaporte com o nome de um alto funcionário. E o estranho é que até eu, quando o vi, tomei-o por um cavalheiro! Mas, por sorte, trazia comigo os óculos

e logo percebi que se tratava de um nariz. Eu sou míope, sabe? E, se o senhor ficar parado na minha frente, vejo apenas um rosto, mas não distingo nada, nem o nariz nem a barba... Minha sogra, ou seja, a mãe da minha mulher, também enxerga muito mal.

O major estava fora de si.

— Onde está? Onde está? Quero recuperá-lo imediatamente!

— Não se preocupe. Sabendo o quanto o senhor precisa dele, eu o trouxe comigo. E o estranho é que o principal responsável por tudo é o patife de um barbeiro que agora está no xadrez. Há muito tempo eu suspeitava de embriaguez e furto. Bom, de qualquer modo, aqui está o seu nariz, exatamente como era — concluiu o guarda, tirando do bolso o nariz e pousando-o sobre a mesa.

— É ele! É ele mesmo! — gritou, feliz, o major. E depois, num impulso de generosidade: — Permita-me lhe oferecer uma xícara de chá!

— Obrigado, mas não posso. Sabe? Os gêneros alimentícios estão caríssimos. Na minha casa mora também a minha sogra, ou seja, a mãe da minha mulher, e ainda temos nossos filhos... O mais velho é muito inteligente, mas não tenho recursos para mandá-lo à escola...

Entendido o recado, Kovaliov pegou uma cédula vermelha de 10 rublos e meteu-a na mão do policial, que afinal saiu, esboçando uma reverência.

Somente depois de alguns minutos Kovaliov recuperou a capacidade de ver e de sentir. A alegria repentina tivera o efeito de lhe anular os sentidos. Com enorme cautela, segurou o nariz com as mãos e o examinou atentamente.

— Aqui está a espinha que havia aparecido do lado esquerdo! — exclamou, triunfante.

A alegria do major foi interrompida por um súbito pensamento: e se o nariz não grudasse de novo em seu rosto? Ele empalideceu.

Com uma sensação de terror indescritível, aproximou o espelho, para evitar o risco de pôr o nariz todo torto. Suas mãos tremiam. Com extrema cautela, aplicou o nariz no lugar. Fez uma leve pressão e em seguida o soltou. Teve que pegá-lo no ar. Horror! O nariz não aderia!

Então aproximou-o da boca, aqueceu-o com a respiração e recolocou-o no espaço vazio. Mas o nariz não se firmava.

— Fique aí, idiota! — intimou-o. O nariz parecia feito de cortiça e caía sobre a mesa como se fosse uma rolha. O major contraiu o rosto numa careta de nervosismo.

— Como é possível que ele não cole mais? — perguntava-se, desesperado.

Não tinha jeito: assim que o soltava, o nariz caía de novo sobre a mesa. Então Kovaliov chamou Ivan e o mandou pedir ajuda a um médico que morava no mesmo prédio.

O médico chegou quase de imediato. Depois de perguntar há quanto tempo acontecera o problema, segurou o major pelo queixo e, com o polegar, deu-lhe um peteleco exatamente no lugar onde ficava antes o nariz, de modo que o coitado jogou a cabeça para trás com tanta violência que bateu com a nuca na parede.

O doutor disse que isso não era nada e, depois de fazê-lo se afastar um pouco da parede, mandou-o girar a cabeça para a direita, apalpou o lugar onde deveria estar o nariz e fez: "Humm!" Em seguida, ordenou-lhe girar a cabeça para a esquerda e fez de novo: "Humm!"

Então, para concluir, deu-lhe outro peteleco com o polegar, e, desta vez, o major empinou a cabeça como um cavalo, quando a gente examina os dentes do animal. Feito o teste, o médico balançou a cabeça.

— É melhor o senhor ficar assim mesmo. Podemos colocá-lo de volta, claro, mas garanto que para o senhor seria pior.

— E como é que eu faço, sem nariz? — reclamou o major. — Aliás, como poderia ser pior do que já está? Onde posso me apresentar sem nariz? Eu tenho boas relações, sabe? A Tchetarieva, mulher de um conselheiro de Estado, a Podtótchina, esposa de um oficial do Estado-Maior, embora com esta última, depois de tudo o que ela me fez, acho que não quero mais lidar, a não ser por meio da polícia. Por favor, cole o nariz de qualquer jeito, ainda que não fique muito bom, mas que pelo menos se firme! Posso até apoiá-lo com a mão, nos momentos difíceis. Além disso, eu não danço, coisa que poderia ser perigosa, com algum movimento mais brusco. E, quanto ao incômodo que o senhor teve ao vir me examinar, fique certo de que eu...

— Eu não trabalho nunca por interesse — interrompeu-o o médico, com voz não muito alta mas tampouco baixa. — Isso é contrário às minhas normas. E, se recebo pagamento pelas consultas, é unicamente para não ofender os pacientes com uma recusa. Eu poderia colar de volta o seu nariz, mas lhe asseguro que seria pior. Lave-se mais frequentemente, com água fria, e viverá saudável, mesmo sem nariz. Quanto a ele, aconselho-o a guardá-lo num recipiente com álcool ou, melhor ainda, acrescentando duas colheres de vodca forte e vinagre quente. O senhor pode conseguir com ele um bom dinheiro, sabia? Se quiser, eu mesmo o compro.

— Não! Não! Não vou vender meu nariz! — gritou Kovaliov, desesperado. — Prefiro que ele se acabe de uma vez!

— Desculpe — disse o médico, com frieza. — Eu só queria ajudar.

E saiu austeramente do aposento.

Oito

Na manhã seguinte, antes de apresentar queixa, o major fez questão de escrever a Podtótchina para pedir que, sem grandes discussões, ela tomasse providências no sentido de que seu nariz deixasse de ser teimoso e voltasse ao lugar. Aqui está a carta que Kovaliov enviou à mulher do oficial do Estado-Maior.

> *Excelentíssima senhora Aleksandra Grigorievna,*
> *Não consigo entender seu modo de agir. Comportando-se assim, a senhora não ganhará nada e não conseguirá me obrigar a casar com sua filha. Acredite-me se lhe afirmo saber perfeitamente o que aconteceu com meu nariz, assim como sei que a senhora é a principal e única responsável pelo fato. O repentino e inexplicável descolamento dele do lugar original, a fuga e o disfarce como alto funcionário são inegavelmente consequência das magias tramadas pela senhora.*

De minha parte, considero meu dever avisar-lhe que, se o nariz em questão não retornar hoje mesmo ao seu lugar, serei obrigado a recorrer à Lei.
Com toda a minha estima, seu fiel servidor,
Platon Kovaliov

Podtótchina respondeu imediatamente.

Ilustre senhor Platon Kuzmitch,
Sua carta me surpreendeu incrivelmente. Confesso-lhe, com toda a sinceridade, que jamais a esperaria. Suas acusações são injustas. Nunca recebi em minha casa o alto funcionário que o senhor menciona, nem disfarçado nem com a verdadeira aparência. O senhor também fala de um nariz. Se, com isso, quer significar que eu o deixaria com um palmo de nariz, isto é, envergonhado por uma recusa minha, muito me surpreende tal afirmação. Porque nunca fui de opinião contrária, e, se o senhor quisesse ficar noivo de minha filha, eu estaria disposta a consentir imediatamente.
Com essa esperança, permaneço sempre ao seu dispor,
Aleksandra Podtótchina

Ao ler a carta de Podtótchina, o major se convenceu de que a mulher do oficial do Estado-Maior era totalmente inocente na história.

Então, começou a se perguntar de que modo e em quais circunstâncias a coisa podia ter ocorrido. Pensou, repensou, quebrou a cabeça. E, naturalmente, não conseguiu chegar a conclusão alguma.

Nesse meio-tempo, como costuma acontecer, os boatos sobre o estranho fato haviam se espalhado rapidamente por toda a capital.

Justamente naquele período, as pessoas tinham se interessado por eventos extraordinários, fenômenos inexplicáveis, como, por exemplo, as cadeiras que de repente haviam começado a dançar sozinhas na rua Koniuchennaia.

Portanto, não é de espantar que bem cedo se espalhasse o boato de que o nariz do major Kovaliov criara o hábito de todos os dias, às três em ponto, ir dar um passeiozinho, naturalmente pela Perspectiva Nevski.

Em consequência, muitíssimos curiosos começaram a afluir ao local e a permanecer ali. Se alguém afirmava ter visto o nariz na loja de Junker, a multidão logo saía

correndo para lá e fazia um tumulto tão grande que a polícia devia intervir com veemência.

Um engenhoso especulador que vendia bolinhos dormidos na entrada do teatro passou a fabricar sólidos banquinhos de madeira, que ele alugava aos curiosos por 80 copeques cada um. Um austero coronel reformado abriu mão do cochilo vespertino e, tendo conseguido com grande dificuldade abrir caminho entre a multidão, viu na vitrine, em vez do nariz, um quadrinho que estava ali havia mais de dez anos. Representava uma mocinha que calçava uma meia, enquanto um sujeito a espiava, escondido atrás de uma árvore. O coronel foi embora indignado, gritando que devia ser absolutamente proibido perturbar a ordem pública com histórias tão bobas.

Outro dia espalhou-se o boato de que o nariz não ia passear na Perspectiva Nevski, mas sim no Jardim da Tauride. Ou melhor, que estava lá havia algum tempo. Alguns alunos da Academia Cirúrgica, com os professores à frente, correram para o local.

Uma estimada e nobre senhora escreveu ao supervisor do Jardim da Tauride pedindo-lhe que mostrasse às crianças aquele raríssimo fenômeno, acompanhando-o com uma explicação instrutiva e edificante para a juventude.

Quem se alegrou bastante com todo o episódio foram os frequentadores dos salões mundanos, que fizeram as senhoras rirem muito, inventando piadas maliciosas, facilmente imagináveis, sobre o assunto.

Mas uma pequena parte das pessoas, bem pequena mesmo, ficou descontente, por motivos diversos. Um cavalheiro muito culto, por exemplo, se perguntava, indignado, como era possível que, em um século tão favorecido pelas luzes da razão, ainda se acreditasse em tais patranhas absurdas, e se espantava com que o governo não tomasse medidas imediatas. Sem dúvida esse cavalheiro pertencia à categoria daqueles que gostariam de envolver o governo em tudo, até em suas brigas diárias com a esposa.

Mas é hora de retomar nossa narrativa.

Vocês certamente já se convenceram de que no mundo podem acontecer as coisas mais incríveis e excêntricas. E de que às vezes falta até a mínima sombra de verossimilhança. Ocorrem-me tantos exemplos que é difícil escolher um. Em suma, a esta altura, vocês perceberam que eu os estou preparando, com muita cautela, para lhes informar que, repentinamente, sem nenhuma explicação racional, aquele mesmo nariz que saíra por aí com o uniforme de conselheiro de Estado e provocara tanto transtorno na cidade, pois bem, como se nada fosse, com ar indiferente, uma bela manhã, precisamente no dia 7 de abril, voltou ao seu lugar, ou seja, exatamente entre as duas bochechas do major Kovaliov.

Aqui, tenho a obrigação de abrir outro brevíssimo parêntese.

Na primeira redação do conto, o final dizia assim: "Aliás, tudo isso que foi narrado não passou de um sonho do major. E, quando acordou, ele ficou tão alegre que pulou da cama, correu ao espelho e, ao ver que tudo estava no lugar, começou a dançar…"

Ao declarar que a história era apenas um sonho, Gogol devolvia tudo à ordem e à normalidade. De fato, sabemos que normalmente se sonham as coisas mais malucas e inverossímeis. Assim, os leitores ficariam tranquilizados; se aquilo era um sonho, ninguém se arriscava a ver de uma hora para outra, sei lá, um de seus pés sair correndo e desaparecer atrás da esquina.

Depois, genialmente, o autor mudou de ideia.

Fecho o parêntese e volto para lhes contar o final que Gogol acabou adotando.

Nove

Na manhã de 7 de abril, o major acordou, olhou-se distraidamente no espelho e o que viu? Seu nariz! "Arrá!", fez ele, agarrando-o com uma das mãos e mantendo-o apertado, como se temesse vê-lo desaparecer outra vez. Estava tocando justamente seu nariz! Quis começar a dançar de contentamento, mas foi impedido pela chegada do criado. Acalmou-se, ordenou a Ivan que lhe trouxesse o necessário para sua higiene e, enquanto tomava banho, deu uma espiadinha fugaz no espelho.

O nariz estava lá.

Depois, de novo, observou-se de ladinho, enquanto se esfregava com a toalha.

O nariz continuava lá. Ele quis tirar a prova.

— Dê uma olhada aqui, Ivan, acho que estou com uma espinhazinha no nariz — disse, em tom displicente.

Enquanto isso, pensava "Bela dor de cabeça, se Ivan dissesse: nada disso, senhor, não só não vejo nenhuma espinha como também não vejo o nariz!".

Mas o criado disse:

— Não há nada, nenhuma espinha, seu nariz está ótimo.

Naquele exato momento, apareceu à porta o barbeiro Ivan Iakovlevitch, mas com uma atitude tão temerosa que parecia um gato espancado por ter roubado alguma coisa da despensa.

— Vim fazer sua barba.

O major permaneceu de pé e perguntou ao barbeiro se as mãos dele estavam limpas.

— Limpíssimas.

— Mentiroso!

— Juro! Estão limpas, já disse!

— Bem, mas tome cuidado! — ameaçou-o o major, sentando-se finalmente.

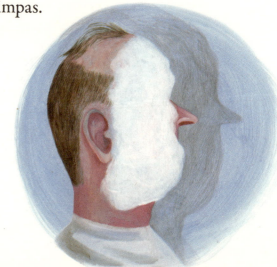

O barbeiro o envolveu na toalha e, num instante, com o auxílio do pincel, transformou-lhe a cara numa espécie de enorme torta de chantili, daquelas que as famílias costumam botar na mesa em dias de aniversário. Só faltavam as frutas cristalizadas.

"Mas veja só!", pensou Ivan Iakovlevitch, lançando uma olhadela ao nariz e depois inclinando a cabeça para o lado, a fim de observá-lo de viés. "Veja só! Parece mesmo o nariz dele!"

E continuou a contemplá-lo por um tempinho. Finalmente, com delicadeza e leveza máximas, esticou dois dedos, na intenção de segurar o nariz pela ponta. De fato, era assim que costumava fazer.

— Cuidado! — gritou Kovaliov, alarmado. O barbeiro deu um salto para trás, apavorado, e ficou mais confuso do que nunca. Em seguida, criando coragem, começou a raspar sob o queixo do major com a navalha. E, embora lhe fosse muito desconfortável e difícil raspar sem ter um apoio na parte olfativa do corpo, conseguiu, firmando de algum modo o polegar na bochecha e no maxilar inferior do cliente, superar vitoriosamente todos os obstáculos e terminar de fazer a barba dele.

Quando o barbeiro terminou, o major se vestiu às pressas, pegou um fiacre e foi direto a uma confeitaria. Ainda longe do balcão, começou a gritar: "Ei, garçom, uma xícara de chocolate!" E ao mesmo tempo se olhou no espelho do local.

O nariz continuava lá.

Então ele se virou para trás e, apertando um pouco os olhos, fitou com arrogância um dos dois militares presentes, que tinha um nariz não maior do que um botão de colete.

Ao sair da confeitaria, foi até a secretaria do Ministério a fim de solicitar uma resposta ao seu pedido para obter um posto de vice-governador. Na antessala, deu uma olhada no espelho.

O nariz estava no lugar.

Na volta para casa, encontrou Podtótchina, a esposa do oficial do Estado-Maior, que estava acompanhada da filha. Cumprimentou-as e elas responderam com exclamações de alegria.

"Então", refletiu Kovaliov, cada vez mais seguro, "de fato não há em mim nenhum defeito."

Conversou demoradamente com as duas e, a certa altura, depois de puxar do bolso a caixa

de rapé, encheu as narinas com volúpia diante delas, enquanto dizia para si mesmo: "Vejam bem, mulheres, suas inconvenientes, o nariz que eu tenho! Quanto à sua filha, prezada esposa de oficial, não vou me casar com ela!"

Daquele dia em diante, o major Kovaliov voltou a passear para cima e para baixo na Perspectiva Nevski, como se nada tivesse acontecido, e a frequentar assiduamente teatros, salões e círculos seletos.

O nariz, por sua vez, comportou-se sempre com absoluta correção: mantinha-se impassível no rosto do major, sem dar a mínima impressão de ter se afastado dali alguma vez.

Depois de tudo isso, o major aparecia eternamente de bom humor, alegre, sorridente, elegante, cortejando indistintamente todas as belas mulheres que encontrava, não perdia uma sequer.

Certa vez foi visto dentro de uma loja de uniformes e condecorações militares, comprando a faixa de uma certa ordem de cavalaria. O motivo, ninguém soube, já que o major Kovaliov não era cavaleiro de ordem nenhuma.

Epílogo

Esta é a história que aconteceu em São Petersburgo, a capital nórdica. Eu poderia encerrar aqui a minha narrativa, mas, tendo chegado ao fim, não posso deixar de fazer algumas observações, do contrário fugiria a um dever necessário.

Perceberam o quanto há de inverossímil em todo o episódio? Não concordam com o fato de que tanto o desprendimento sobrenatural do nariz quanto seu aparecimento em vários lugares, sob os trajes de um conselheiro de Estado, são coisas absolutamente estranhas? E como foi possível Kovaliov não perceber que não se pode colocar um anúncio no jornal sobre o desaparecimento de um nariz? Não porque o preço de um anúncio fosse exorbitante: isso é uma bobagem, eu não pertenço à categoria daqueles que se apegam a centavos. Não, senhores, digo apenas que é algo inconveniente e constrangedor. Em suma, não fica bem. Sem falar que um anúncio desses poderia perturbar profundamente a ordem pública.

E ainda: como o nariz foi parar dentro do pão recém-saído do forno? E como não ficou assado? E aquele barbeiro Ivan Iakovlevitch, que desaparece e reaparece sem um mínimo de lógica?!

O mais estranho, porém, verdadeiramente inconcebível, é que certos escritores, inclusive de bom nível, além de estimados pela crítica, possam se dedicar a temas assim. Claro, cada um é livre para inventar o que quiser, mas existem limites! Admitam, do contrário corre-se o risco de mergulhar na anarquia! Reconheço, isso é de fato incompreensível, é de fato... Não, não, por mais que me esforce, não consigo compreender.

Por que se escrevem semelhantes coisas? Em primeiro lugar, a pátria não extrai disso qualquer vantagem, decididamente, tampouco as letras pátrias, aliás. Em segundo lugar... Mas em segundo lugar também não resulta vantagem alguma.

Então: tudo isso pode levar a quê? Quais poderiam ser as consequências? Este conto foi escrito com qual objetivo? O que pretendia demonstrar?

Não, realmente não consigo compreender o que significa tudo isso.

E no entanto... Não que eu esteja mudando de ideia, mas... Para sermos honestos, pois é, eu não gostaria que vocês pensassem... Em resumo, apesar do que acabo de afirmar, pensando bem, também se poderia... Bem, até se poderia admitir que às vezes... Pois é, há pelo menos uma coisa, no conto, que afinal não é tão incrível assim... E, refletindo sem preconceitos, há também uma segunda que... E, querendo, até uma terceira...

Tudo bem, honesta e abertamente falando: existe alguma parte do mundo onde não se verifiquem eventos inverossímeis? Por conseguinte, pensando com calma, convém concluir que em tudo isto, no fundo, no fundo, existe alguma coisa.

Pode-se dizer o que quiser, mas fatos semelhantes acontecem no mundo, ora se acontecem!

*Este livro é dedicado a todos os netos,
os meus e os dos outros*

DE ONDE VEM ESTA HISTÓRIA

Bom, talvez seja melhor ver primeiro de onde vem seu autor. Nikolai Gogol nasceu na Rússia, em Sorotchintsy, uma aldeia ucraniana, em 20 de março (segundo o velho calendário) ou em 1º de abril (segundo o novo calendário) de 1809. Seja como for, excelente ocasião para comemorar dois aniversários!

Sua família pertencia à pequena nobreza e possuía grandes extensões de terra, além de uma aldeia com 400 almas. Não se impressionem, eram chamados "almas" os camponeses pobres que se constituíam como propriedade absoluta, alma e corpo, de seus patrões.

A mãe de Nikolai era uma mulher de costumes severos, e o pai, um boa-vida extravagante. Nikolai amava muitíssimo a mãe, mas o pai o entretinha bem mais.

Desde pequeno, Nikolai demonstrou ter um temperamento difícil que o levava a se isolar dos colegas de escola, mas ao mesmo tempo a conquistá-los, encenando breves monólogos bastante divertidos, que ele mesmo escrevia e interpretava. Representava bem, tanto que, já maiorzinho, durante certo período, pensou seriamente em se tornar ator.

Dotado de uma imaginação estratosférica, começou a escrever cedíssimo. Um dia, o conhecido poeta e comediógrafo Kapnist, amigo da família, pediu a Nikolai que lesse para ele alguns de seus poemas. O garoto aceitou, desde que ficassem só eles dois dentro da sala. Ao sair, Kapnist disse: "Deste menino pode nascer um grande talento." Nikolai tinha apenas 5 anos. Kapnist concluíra o certo.

Gogol viveu apenas 43 anos, deixando-nos pelo menos três obras-primas imortais: *Contos de São Petersburgo*, *Almas mortas* e a comédia *O inspetor-geral*.

Usava o idioma com uma elegância e um refinamento inigualáveis. Os historiadores da literatura ainda o consideram o melhor em termos de estilo, e suas narrativas são de uma perfeição absoluta.

Imaginem que não houve nenhum grande escritor russo que não tenha elevado a objeto de culto um conto dele. O supremo poeta Puchkin era alucinado justamente por *O nariz*, Anton Tchecov por *A carruagem*. Dostoievski escolheu para si aquele intitulado *O capote*, declarando que todos os autores russos, inclusive ele, tinham nascido entre as abas daquele capote.

Mas, sem dúvida, Gogol jamais se valorizou tanto quanto o fizeram os outros. Nunca estava em paz, nem consigo mesmo nem com o mundo.

Por alguns anos trabalhou como funcionário de um ministério, durante certo tempo ensinou na universidade... Irrequieto e insatisfeito demais para ficar sossegado em um emprego.

Viajava muito, isso sim.

Não gostava da sociedade do seu tempo e jamais parou de denunciar, com impiedosa ironia, o servilismo cego, a indiferença burocrática, as injustiças, o oportunismo, os vaidosos rituais de uma pequena burguesia gorda, ignorante e presunçosa.

Por volta dos 30 anos, fez sua primeira viagem à Itália. Esteve em Roma e recuperou um pouco de serenidade. "Eu nasci aqui", escreveu a um amigo, acrescentando: "Despertei de novo na minha pátria."

Depois, no retorno à Rússia, sua saúde mental piorou muito: teve crises místico-religiosas tão perturbadoras que chegou a queimar alguns de seus manuscritos... Até que sobreveio o fim.

Antes dele, a literatura russa, sobretudo na poesia, havia celebrado grandes figuras heroicas, personagens quase míticos que viviam na Terra, mas pareciam voar nas alturas celestes, inalcançáveis como semideuses.

Gogol foi realmente o primeiro a escrever sobre gente comum, o barbeiro, o funcionariozinho, a quitandeira, sobre aquela humanidade que podia ser encontrada todos os dias no mercado ou numa repartição pública, retratando-a com piedosa ironia. Com ele, o povo simples irrompe triunfalmente na literatura. O sarcasmo, porém, Gogol o reservará à pequena burguesia, à nobreza de baixo nível, que não perdoará nada.

O modo pelo qual o escritor encara esses personagens nunca é limitadamente realístico; pelo contrário, às vezes sua ardente fantasia faz da realidade uma plataforma de lançamento rumo a uma outra realidade, a fantástica. Assim nasceu *O nariz*.

Pessoalmente, como escritor, considero Gogol um dos meus avós (o outro se chama Lawrence Sterne).

Mas não tenho nenhuma certeza de que eles me considerem um neto.

A.C.

OS AUTORES DESTE LIVRO

ANDREA CAMILLERI nasceu na Sicília em 1925, e era um adolescente no início da Segunda Guerra Mundial. Começou sua múltipla carreira no teatro e prosseguiu-a na televisão, sempre com funções diferentes. Escreveu uma avalanche de livros de todos os tipos, mas, surpreendentemente, tornou-se famosíssimo por ter inventado Montalbano: um guloso comissário siciliano que vive na imaginária cidade de Vigàta, adora ler e também aparece nas telinhas.

MAJA CELIJA nasceu na Eslovênia em 1977. Frequentou o jardim de infância e o primário na Iugoslávia de Tito, e o liceu na Croácia de Tudjman. Diplomou-se no Instituto Europeu de Design, em Milão, e, mais tarde, suas ilustrações correram o mundo. Atualmente, mora em Pesaro, mas sua segunda casa é o bosque: Maja adora bichos e cogumelos.

Este projeto é dedicado a Achille, Aglaia, Arturo, Clara,
Kostas, Olivia, Pietro, Samuele, Sandra, Sebastiano e Sofia.

Save the Story é um projeto que leva para um lugar a salvo, em nosso milênio, algo que estava naufragando no passado. Os livros que, como este, trazem a marca ⬤ são espécies em via de extinção.

A Scuola Holden nasceu em Turim em 1994 com a ideia de ser diferente das outras. Parece uma casa onde não faltam espaço, livro e café. Lá se estuda uma coisa que se chama *storytelling*, ou seja, o segredo de contar histórias em todas as linguagens possíveis: livros, cinema, TV, teatro, quadrinhos. Tudo com resultados exageradamente bons.

Este livro foi composto nas tipologias
Bodoni Classic Chancery, Bulmer MT Std, Garamond Premier Pro,
Helvetica Neue, Bernhard Modern e Fontesque,
e impresso em papel off white 90g/m^2,
na Yangraf.